# Del otro lado de los sueños

## Eliseo Alberto

*Ilustraciones de Enrique Martínez y Fabiola Graullera*

ALFAGUARA

Infantil

DEL OTRO LADO DE LOS SUEÑOS
D.R. © Del texto: Eliseo Alberto, 2000.
D.R. © De las ilustraciones: Enrique Martínez y Fabiola
        Graullera, 2000.

ALFAGUARA

D.R. © De esta edición:
Aguilar, Altea, Taurus, Alfaguara, S.A. de C.V., 2000.
Av. Universidad 767, Col. Del Valle
México, 03100, D.F. Teléfono 5688 8966
www.alfaguarainfantil.com.mx

Alfaguara es un sello editorial del **Grupo Santillana**.
Éstas son sus sedes:

ARGENTINA, BOLIVIA, CHILE, COLOMBIA, COSTA RICA, ECUADOR,
EL SALVADOR, ESPAÑA, ESTADOS UNIDOS, GUATEMALA, MÉXICO,
PANAMÁ, PERÚ, PUERTO RICO, REPÚBLICA DOMINICANA, URUGUAY
Y VENEZUELA.

Primera edición en Alfaguara: octubre de 2000

ISBN: 968-19-0473-7

D.R. © Cubierta: Enrique Martínez y Fabiola Graullera, 2000.

Impreso en México

**L** a casa huele a pan. El abuelo dice que los sueños no se deben contar porque si se cuentan no se cumplen. No está mal el consejo. Nada mal... aunque no me gusta que me den consejos. Por favor, ¿me alcanzas la acuarela?

Los sueños, ¿son verdad o mentira?
A la hora del desayuno, mamá siempre me pregunta:
"¿Y qué soñaste anoche?". Y si soñé que los caballitos del

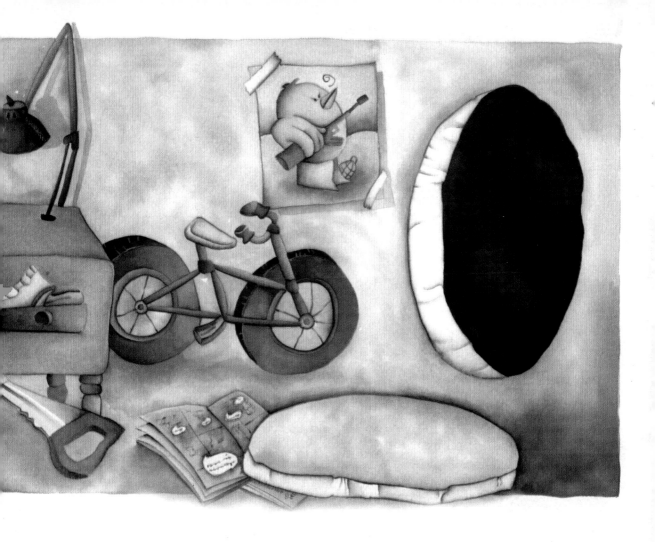

carrusel estaban vivos, y podían volar, le digo que no
me acuerdo... Total. Verdad o mentira, todos los sueños
son viajes... Gracias por la acuarela.

Como lo oyes: todos los sueños son viajes. Unos lo hacen
en bicicleta, otros sobre alfombras voladoras. Yo no.
No te cuento mucho, para que se realicen mis sueños.

Sólo digo que si uno busca, encuentra...
"Soñar no cuesta nada". Son palabras del abuelo.
Y yo me río... ¿Te gusta mi caballo azul?

Y yo me río porque nadie sabe de mis pasadizos
secretos. Mi cuarto, como casi todos los cuartos
que conozco, tiene una ventana. La mía, ¿ves?,

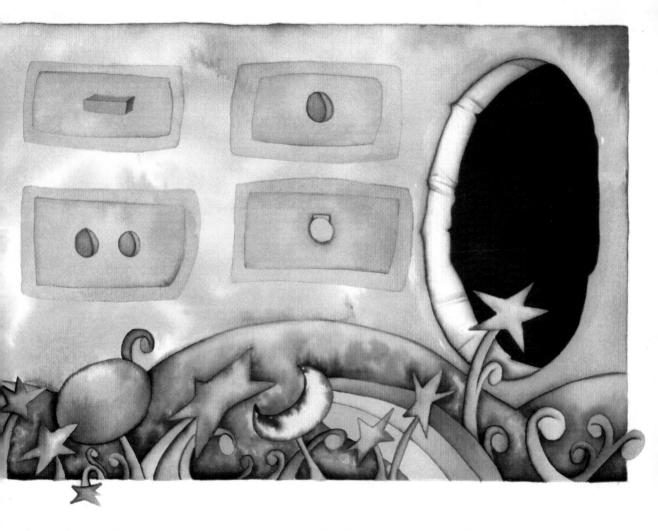

da a la calle. A cada rato, pasada la medianoche,
me despiertan los motores de los coches.
¡Ay!, si el abuelo supiera...

Si el abuelo supiera que en mis sueños las estrellas
no están en el cielo sino en la hierba, y las enredaderas
crecen en los cajones y los pájaros saben trinar

en todos los idiomas, de seguro querría venirse a dormir conmigo... ¡Con lo que ronca el abuelo! ¡Cómo repite en sueños el nombre de la abuela!

Pasa, pasa: no tengas miedo: ¡no es más que un agujero!...
¿Papá?... Trabaja de noche... ¿Mamá? No sé, quizá sigue
en la cocina, lavando, uno a uno, todos los trastes de la cena.

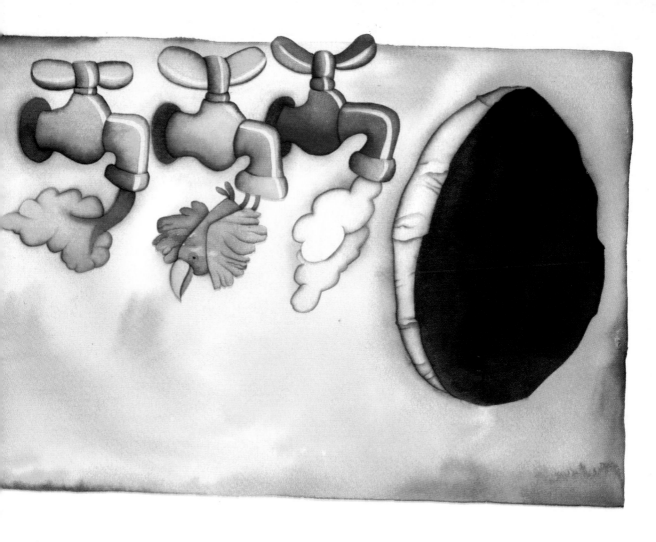

¿El abuelo? ¡Ah!... Yo creo que anda por la luna, con la difunta abuela del brazo. En sueños, se camina mejor descalzo...

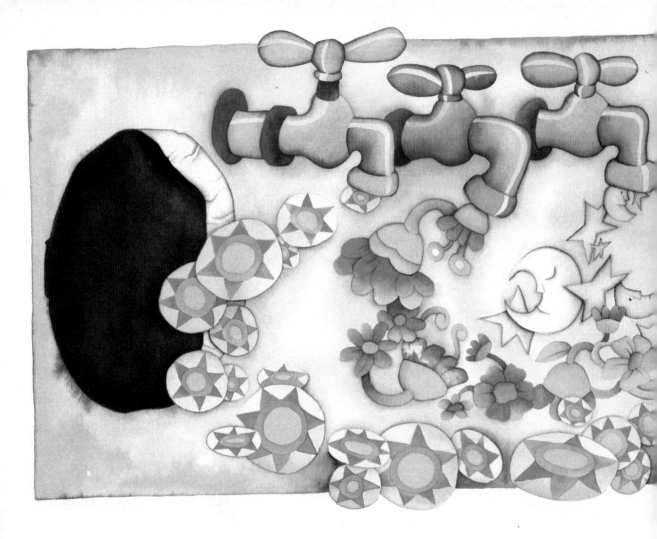

¡Las cosas que uno imagina!... Mamá dice que, de niña,
soñaba que era grande... y ahora que es grande sueña
que sigue siendo niña... Me pregunto, te pregunto:

los soldaditos de plomo, ¿acaso sueñan? ¿También los peces?
¿Y los pájaros? Yo digo que sí, aunque nunca he visto
un gavilán dormido... .

Mis sueños, de noche, son diferentes a mis sueños de día.
Cuando duermo la siesta, los domingos, me veo en la
escuela... y, ya sabes, al despertar me pongo a hacer

la tarea. A la noche no. Qué va. Fíjate: la sombra
de tu cuerpo es distinta si lo alumbra el sol
o si lo alumbra la luna.

En los sueños, al menos en los míos, se habla poco,
aunque se escucha música. El problema es que la música
no se puede pintar con acuarela. Del otro lado del agujero,

las cosas tampoco se tocan. ¿Has intentado alguna vez agarrar tu nariz en el espejo? ¡Si logras pisar tu sombra, te doy un premio!

Aquí entre nosotros, sin que nadie se entere,
por eso me encanta dormirme temprano:
si me desvelo, la noche no alcanza para vivir mis aventuras.

¡Soñar es tan divertido! ¡Siento que vuelo! ¡Floto! Si un día nos encontramos en un sueño, voy a enseñarte mis secretos: ¡mi carrusel de ilusiones!

¡Volar, qué maravilla!... Cuando estamos despiertos,
las nubes nos quedan demasiado alto, y el mar demasiado
lejos... "Nadie puede estar en dos sitios a la vez",

dice el abuelo. Sí y no, pienso. "¿Qué soñaste anoche?",
vuelve a preguntar mamá, desde la cocina. "Soñé contigo",
respondo: "¡Contigo!"

De pronto, en sueños, siento que comienza a amanecer...
Escucho el canto de un gallo, el despertador de mamá,
la tos del abuelo cuando camina por el pasillo...

Y yo me apuro. Debo regresar a mi cuarto. Ya es tarde,
¡o ya es temprano!... ¡Arre, caballo!, canto... Y vuelvo
a la cama, de volada...

Cuando me levanto, te confieso, me digo: ¡si todo fue un sueño! Las cosas siguen en el mismo sitio de siempre. Recuerdo mi aventura, porque si no, la olvido.

¿De qué color era aquel caballo con alas? El cielo debía ser el mar, porque volaban, entre nubes, muchos peces...
Cierro los ojos. Sueño despierto.

La casa huele a pan. Mamá prepara el desayuno. El abuelo
riega las flores. Tú y yo nos veremos en la escuela.
Tengo ganas de decirles a todos dónde estuve anoche,

pero si un sueño se cuenta, no se cumple... ¡Por eso,
mejor, lo pinto! Así sabrán que no miento. Por favor,
pásame el serrucho... y esa estrella.

*Fin*

*Del otro lado de los sueños* terminó de
imprimirse en octubre de 2000
en Editora e Impresora Apolo S.A de C.V.
Centeno 150, Col. Granjas Esmeralda, 09810,
México, D.F.
Cuidado de la edición: Marta Llorens
y Diego Mejía Eguiluz.

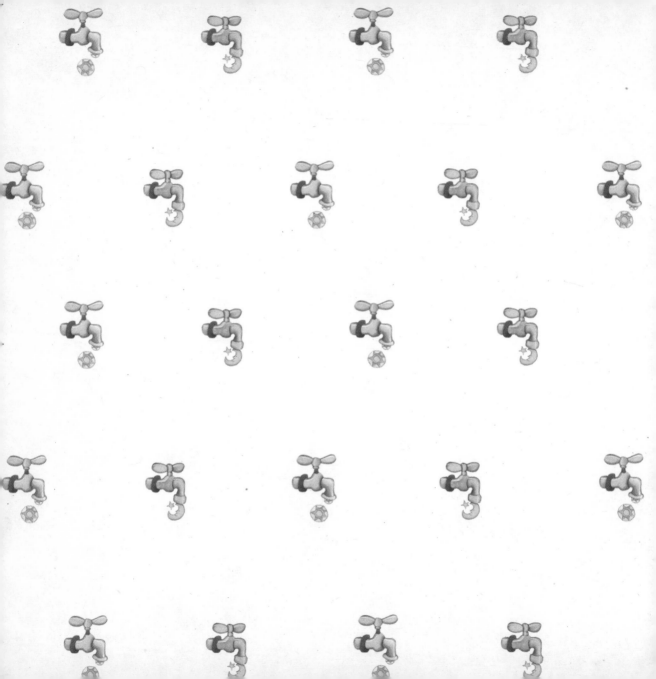